GWENAËLLE ROY

MON

ROBIN

À MOI

Cordialement à toutes les librairies qui acceptent de vendre nos livres. Se faire publier est très couteux et impossible.
Les maisons d'édition classiques ne s'intéressent pas assez aux auteurs qui ont pourtant la passion de l'écriture.

Merci aux libraires d'aimer leur métier et de nous laisser un coin de leurs rayonnages.

Édition : BoD – Books on Demand, info@bod.fr
Impression : BoD – Books on Demand, In de Tarpen 42, Norderstedt (Allemagne)
Impression à la demande
Facilitateur : https://www.mlasuiteeditions.com/
Coordination éditoriale : Hervé Meillon
Dépôt légal : Novembre 2022
Mise en page : M La Suite
Couverture : Elena Harcq
Contact auteur : Gwenaelle Roy
ISBN : 978-2-3224-4268-3

Tous droits de traduction, d'adaptation et de reproduction réservés pour tous les pays.

REMERCIEMENTS

- Mes pensées inoubliables à ma Bonne-maman.
- Isabelle Lamarque, mon amie proche.
- Paulette Roy, ma maman. Toujours à mes côtés.
- Monsieur Bolain, mon éducateur de l'école de Remontjoie à Malonne.
- Aude, la psychologue de 'Le Soleil Levant', à Montignies-sur-Sambre.
- Mes frères et sœurs Théo, Aude, Anaïs Joly, et Noah Wathelet.
- Olivier Joly, mon beau-père.
- Sophie et Hervé de M la Suite.

PRÉFACE

Raconter, c'est se projeter sur sa propre vie !

Gwenaëlle a choisi de nous faire revivre à sa manière l'histoire de Robin des Bois. Ce personnage fictif qui l'a fait rêver et chez qui elle s'est identifiée, elle y a reconnu aussi les êtres qui l'ont entourée. En filigrane, nous pouvons comprendre son choix lorsque l'on sait que cette jeune fille a une vie plus que cabossée. Une destinée que Gwenaëlle affronte avec un grand cœur, comme son héros. Mais sa différence l'empêche de se faire reconnaitre comme tel. Le monde classe trop vite les personnes différentes ; il y a les bons et les méchants, sans se rendre compte que la simplicité du cœur n'est pas un handicap, que du contraire, un sentiment de bonté.

Sa vie personnelle s'est perdue dans cette forêt de Sherwood, son monde à elle. Ses racines sont dans lechêne plusieurs fois centenaire dont Robin avait fait son refuge et sur lequel Gwenaëlle se retrouve lorsqu'elle rêve.Pour elle, les créatures des aventures de Robin des Bois sont celles que dans sa vie elle a rencontrées. Tous les personnages, elle les connait, ils font partie de sa force et de sa façon de comprendre son individualité. Gwenaëlle s'est projetée dans la vie de Robin. On y trouve sa vie où fiction et réalité se mélangent, où souffrance et joie s'associent.

C'est peut-être sans vraiment le savoir qu'elle a décidé de nous raconter son existence et ses rêves au travers de cette histoire. Comme Robin des Bois, elle a dû respecter les cases dans lesquelles on la mettait. Comme Robin des Bois, elle a dû combattre sa vie. Comme Robin des Bois, elle a bravé l'autorité et l'incompréhension en affrontant sa différence.

Sa jeune vie, elle nous la relatée afin que nous partagions ses rêveries et indirectement ses douleurs, que nous nous accaparions son parcours et cette révolte qui l'a fait souffrir. Robin des Bois est l'humain dont elle aimerait partager la vie.

Gwenaëlle écrit son authenticité sous cette forme de roman-vérité avec parfois la maladresse de son insuffisance. Elle veut nous démontrer en se le prouvant à elle-même qu'elle existe. Elle agence des morceaux de fiction pour en faire du réel. Ce livre est pour elle sa création existentielle. Il a donc un sens et une valeur énorme, c'est son combat qu'elle résume.

Elle a voulu écrire et c'est elle-même qui nous a contactés avec l'appui de ses aidants. Notre rôle a été, avec respect et en connivence avec elle, de remettre ses idées dans le bon ordre en y ajoutant les expressions qui lui manquaient pour faire entendre sa respiration. Nous l'avons aidée à mettre des mots sur ses ressentis. En lisant entre ses lignes, nous avons accompagné ses émotions tout en gardant sa façon de voir la société.

Ce petit opus est l'allégorie de sa vie. Elle a eu besoin de ce récit fantaisiste pour imaginer le chemin qu'elle va prendre dans ce monde.

Maintenant, c'est elle qui devra faire connaitre son livre avec conviction et partage. Si vous lui apportez votre soutien en achetant son livre, Gwenaëlle se sentira soulagée.

Sa vie, c'est son magnifique « Robin » à elle !

Hervé MEILLON

GWENAËLLE ROY

MON

ROBIN

À MOI

PERSONNAGES

ROBIN DES BOIS, héros de l'histoire. Frère de William. Amoureux de Marianne. Hors-la-loi, il dénonce les actions du prince Jean et protège les plus pauvres avec ses compagnons.

WILLIAM, frère de Robin. Parti à la guerre, il revient dans ses terres pour retrouver son frère et la vérité sur la mort de ses parents. Amoureux de Guenièvre.

LE ROI RICHARD, roi d'Angleterre. Parti en croisade il a confié son royaume au prince Jean, son frère.

MARIANNE, fille du roi Richard et sœur de Guenièvre.

GUENIÈVRE, fille du roi Richard et sœur de Marianne.

PRINCE JEAN, frère du roi Richard. Il souhaite la mort de son frère afin de reprendre ses terres. Il cherche à tuer Robin des Bois.

PETIT-JEAN, WILLY L'ÉCARLATE, ODERIC ET PEDRO, sont les compagnons et amis de Robin des Bois. Archers doués et experts à l'épée.

FRÈRE TUCK, compagnon de Robin des Bois. Il apporte son amitié à Robin des Bois.

GUY DE GISBORNE, shérif. Il suit les ordres du prince Jean et veut arrêter Robin des Bois.

Chapitre 1

Le prince Jean occupe le trône de son frère, le roi Richard Ier qui est à la croisade. Violent et sans scrupule, il a augmenté les impôts et les taxes se faisant détester par son peuple et surtout par les plus défavorisés. Robin des Bois est un de ces hommes qui n'accepte pas la politique du prince. Il incarne la justice et veut défendre les opprimés.

Le shérif de la ville de Nottingham est l'homme de toutes les situations. Il pourchasse les hors-la-loi et assure la sécurité des routes autour de la forêt de Sherwood. À ses côtés, Guy de Gisbourne est particulièrement méchant. Le shérif compte sur lui pour faire disparaitre Robin des Bois et tous les moyens sont bons pour y arriver.

*

NOTTINGHAM.

Guy de Gisborne, le shérif de Sherwook, rentre à grand fracas à la tête d'une vingtaine d'hommes en armes. Un garde accourt immédiatement à sa rencontre.

— *Le prince Jean est déjà arrivé Messire. Il vous attend dans vos appartements.*

Guy jette un rapide regard circulaire dans la cour du château. Il remarque le lourd chariot aux armes royales et la garde imposante qui stationne non loin de là. Il s'engouffra alors dans le donjon pour gravir les marches qui le conduisaient vers son suzerain.

— *Ah*, rugit le prince Jean au comble de l'impatience. *Enfin ! Il faut toujours que l'on me fasse attendre ! J'arrive de Huntington et cela fait deux heures que je tourne ici en rond.*

— *Je rentre juste d'expédition, sire. Je rapporte l'argent des nouveaux impôts.*

— *Fort bien. Vous le savez, c'est la raison de mon périple à travers nos provinces et donc de ma visite ici.*

Le prince et le shérif sont prêts à se pencher sur les recettes lorsqu'un homme surgit de nulle part. Il arrache le sac rempli d'or que Guy de Gisbourne garde près de lui.

— *Mon or !* s'écria le prince. *Qui êtes-vous ? Comment avez-vous pu accéder à la salle des finances ?*

— *Je suis William de Locksley, le frère de Robin. Oui Robin, celui que vous traitez de hors-la-loi et que vous voulez réduire à néant. Je suis de retour pour éviter que Guy, votre tueur à gages, ne puisse tuer mon frère.*

— *Quoi ? Mais Robin des Bois n'a pas de frère !*

— *Si ! Il en a eu ! Nous avons été séparés alors qu'il était encore tout jeune.*

Un garde entre alors précipitamment dans la salle. Il est essoufflé. Il vient de la cour du château et son visage est pâle. Il se penche vers le prince. William en profite pour s'éclipser derrière une lourde tenture. Il sait qu'il y trouvera une porte habilement dissimulée.

— *Que se passe-t-il ? Dites-moi,* hurle le prince.

— *Messire, messire… Le chariot a disparu !*

— *Quoi ! Mon or ! Mais que me dites-vous là ! Où est-il ?*

— *On n'en sait rien ! La cour du château était calme et les soldats sont partis s'occuper des chevaux… et puis…*

— *Je suis certain que c'est ce William,* crie Guy de Gisbourne. *S'il est bien le frère de Robin, c'est lui qui doit être le voleur du chariot.*

— *Oui, je le crois aussi,* intervint Jean. *Cherchez-le. Il ne peut avoir disparu par magie. Ensuite, mettez des affiches dans la ville et toute la région, offrez une récompense à celui qui m'apportera la tête du frère de Robin des Bois. C'est intolérable !*

Au même instant William se glisse le long des couloirs du château. Il parvient à la chambre de Guenièvre. Elle est la nièce du prince Jean, mais aussi la sœur de Marianne, la belle Marianne qui a rejoint Robin dans la forêt. Depuis longtemps elle aime William. Le retour inattendu du jeune homme, longtemps absent, leur a permis de se retrouver.

— William, tu es fou de venir ici ! Tu vas te faire tuer et je ne veux plus te perdre !

— Je sais, moi non plus je ne veux pas te perdre ma belle et douce Guenièvre. Et pourtant, je suis parti depuis de nombreuses années et il faut, pour que nous puissions vivre notre amour, régler le sort du prince et de ses acolytes ! Notre famille a trop souffert. Écoute Guenièvre, ne pleure pas... Tu dois m'aider, tu serais d'accord ?

— Oui, bien sûr, comment faire ?

— Il faut que tu ailles trouver ton oncle, le prince Jean, pour connaître ses intentions. Il va vouloir me retrouver et tuer Robin. Moi je vais retrouver mon frère ! Comment va-t-il réagir en apprenant qui je suis ?

Guenièvre retrouva le prince Jean en pleine discussion avec le shérif et Guy de Gisbourne. Les trois hommes préparaient un plan pour attraper Robin et William. En flattant son oncle, la jeune femme put vite obtenir les détails de ce fameux plan : envahir la forêt de Sherwood en mobilisant tous les soldats le plus vite possible. Elle revint rapidement dans ses appartements et avertit William :

— Ils vont aller chercher ton frère dans la forêt. Attention, ils seront nombreux et bien armés. Tu vas devoir faire très attention...

— Oui, tu as raison, mais ne t'inquiète pas. Je suis comme mon frère, rusé et prudent. Je te promets d'être vigilant.

Chapitre 2

William a les jambes qui tremblent. Un mélange d'excitation et d'appréhension. Ses pensées le torturent : *Que va-t-il penser de moi ? Et s'il me déteste ? Non, arrête de penser ça William, c'est ton frère et il va adorer te voir. Enfin, le rencontrer...*

*

LA FORÊT DE SHERWOOD.

Après quelques heures de voyage, William est enfin arrivé au campement de son frère. Il s'avance pas à pas et découvre comme un minuscule village perdu au milieu des bois. C'était comme il l'avait imaginé. Un campement hors du temps.

Deux hommes apparaissent et l'empêchent d'avancer plus loin.

— *Qui êtes-vous !*

— *Je suis William de Locksley !*

— *Ce n'est pas possible, vous ne pouvez pas être le frère de Robin ! Vous êtes envoyé par Guy de Gisbourne pour retrouver le campement de Robin.*

Soudain, une femme vient à leur rencontre. Elle a un beau visage doux et les cheveux blonds. Elle porte une belle robe bleue toute légère. Elle semble si douce et bienveillante.

— Que se passe-t-il ?

— Je m'appelle William. Je ne suis pas là pour vous trahir ! En fait, je sais que ça peut paraître bizarre, mais je viens pour...

— Moi je m'appelle Marianne...

— Oh ! Vous êtes la compagne de Robin ?

— Oui c'est bien moi. Vous le connaissez donc ?

— Et bien justement non, mais je suis en réalité son frère...

— Robin n'est pas encore là. Vous avez l'air épuisé ? Vous dites que vous vous appelez William de Locksley et que vous seriez le frère de Robin. Je ne comprends pas, il n'a pas de frère... mais il est vrai que je souhaite vous croire. Venez diner avec nous en attendant le retour de Robin.

*

William se retrouva à table avec les autres habitants du campement. Toutes les places à table étaient occupées. Toutes sauf une. Celle de Robin !

— *Oyez tout le monde, je vous présente William,* dit Marianne.

— *Bonjour tout le monde merci de m'accueillir à votre table.*

Après quelques minutes, William commence à discuter avec les compagnons de Robin. En face de lui se trouve Petit-Jean qui est tout sauf petit. C'est l'ami de Robin et Marianne. William sourit en regardant Petit-Jean qui mange beaucoup ! Il s'est déjà resservi trois fois ! De l'autre côté, Oderic. C'est lui qui s'occupe des animaux du campement. Enfin surtout des chevaux puisqu'il est l'écuyer de Robin. Il est sympa et raconte comment il tire des flèches sur les soldats ! Et entre Oderic et Petit-Jean, c'est Willy L'Écarlate. Lui, c'est le grand ami de Robin et on comprend pourquoi ! Il est naturellement drôle et explique qu'il est très doué pour utiliser son arc et ses flèches. Pedro se présente à son tour. Il est le meilleur archer de la bande. Autour de cette table, une trentaine de compagnons sont là. Quel drôle « d'armée ».

William inquiet n'a toujours pas vu Robin…

— *Et toi William, d'où viens-tu ?* demande Willy.

— *Oh… euh je viens d'Écosse.*

— *D'Écosse !*

— *Oui… j'ai pas mal voyagé.*

— *Mais qu'est-ce que tu viens faire dans la forêt de Sherwood ?*

— *Et bien je suis venu pour... des affaires familiales.*

— *Hmm OK*

Soudain, sorti de nulle part, Robin arrive. Il se dirige vers Marianne, l'embrasse et s'excuse pour son retard sans apercevoir William. Robin a l'air très heureux et sûr de lui.

— *Oh on a un invité ?* dit-il.

— *Ah oui ! C'est William,* enchaîne Marianne, *il est venu pour te voir apparemment... ?*

— *Ah bon ? On se connaît ?* dit Robin en observant William.

— *C'est à dire que non, mais...*

— *D'où venez-vous ?*

— *D'Écosse.*

— *Je ne connais personne qui vient d'Écosse !*

— *Je sais, mais...*

— *Comment vous avez dit que vous vous appeliez ?*

— *William.*

— *Juste William ? Ce n'est pas très écossais ça comme prénom.*

— *Locksley!*

— Locksley ?

— Locksley. William Locksley. Je suis ton frère.

— Hahaha, mon frère, mais tu rigoles !

— Je ne rigole pas...

— Je n'ai PAS de frère monsieur.

— Si... Je suis parti quand tu n'avais que cinq ans. Mais tu as dû oublier...

— Mais... non enfin, c'est ridicule !

— Si absolument Robin...

— Mais non ? Je m'en souviendrais ! Difficile d'y croire !

Robin se lève d'un coup et rejoint une des tentes installées près de la table. Marianne le suit de près. Quelques minutes plus tard, elle sort de la tente et fait signe à William de venir.

— Il est encore un peu perturbé, mais je le connais bien et il est prêt à en parler. Je vous laisse.

— Merci Marianne.

Robin est assis au bord de son lit, dos à William, la tête baissée et fixant ses pieds. William s'approche de lui en silence ne sachant pas trop quoi dire. Alors, il s'assied à côté de lui. Après quelques minutes qui semblent éternelles, Robin casse enfin ce silence sordide et commence à parler :

— *Je ne comprends pas…*

— *C'est normal…*

— *Mais je ne te crois pas… pourtant, tu as le même nom de famille que moi et…*

— *Et ?*

— *J'ai réfléchi et me suis souvenu qu'un jour il est vrai que mes parents m'ont parlé d'un frère… Un frère qui reviendrait pour m'aider…*

— *D'accord… Laisse-moi te montrer quelques petites choses.*

William va chercher son sac laissé près de la table et revient dans la tente de Robin. Il sort alors son arc et ses flèches. Les yeux de Robin s'écarquillent et sa bouche s'ouvre.

— *Tu… Tu…*

— *J'ai le même arc à flèche que toi. Je l'ai reçu à ma naissance et je me rappelle que les parents t'ont offert le même lorsque tu es né.*

— *C'est vrai, c'est avec cet arc que papa m'a appris à tirer mes flèches. Il m'accompagne partout depuis sa disparition.*

— *Et ce n'est pas tout, regarde sur mon avant-bras, ma tâche de naissance.*

— *Je n'y crois pas !*

— *Et si !*

— *On a la même ! Mais pourquoi les parents ne m'ont rien dit ?*

— *C'est une longue histoire et je me sens tellement coupable d'être parti. Je suis désolé. Je t'expliquerai plus tard... Sache que j'ai toujours pensé à toi et que je comprends que tu m'aies oublié.*

— *Je... je suis désolé... !*

— *Mais non tu ne pouvais rien faire et puis tu n'avais que cinq ans.*

— *Tu es donc bien mon frère.*

À ces mots, très ému, les yeux remplis d'amour, Robin prend William dans ses bras et lui chuchote à l'oreille :

— *Bonjour mon frère, quel bonheur que tu sois là.*

Sortant brusquement de la tente, Robin cria :

— *Oyez tout le monde ! Voici mon grand frère William ! Je vous demande à tous de l'accueillir.*

C'est aujourd'hui un grand jour !

Chapitre 3

LA FORÊT DE SHERWOOD.

Tout à la joie des retrouvailles la petite troupe des compagnons de Robin ne se rend pas compte que les soldats du prince Jean ont pénétré dans la forêt. La surprise est totale lorsqu'ils entendent une voix haineuse et ironique :

— *Qu'ils sont mignons !* s'exclame le shérif.

— *Le shérif !* crie surpris Robin.

— *Quoi ! Vite, prenez vos armes, défendez-vous !* réagit Petit-Jean.

L'objectif des soldats du shérif était simple : attraper William et l'emmener au château. La surprise fut totale pour Robin et ses hommes qui se retrouvèrentimpuissants. Personne n'eut le temps de se réfugier dans les arbres. En quelques instants les soldats réussirent à briser toute résistance. Les compagnons de Robin ne purent qu'attraper leurs flèches, c'était déjà trop tard…

NOTTINGHAM.

C'est le félon prince Jean, ennemi juré de Robin, qui accueillit le prisonnier présenté enchaîné et couvert de poussière.

— *Je vous salue William. Vous voilà déjà capturé, vous le frère de Robin des Bois. Je vais faire venir toute ma cour pour vous humilier.*

Apprenant l'arrestation de William, Guenièvre surgit désemparée, troublée de voir son amour arrêté par les hommes du prince.

— *Alors William !* dit le prince, *ne comprends-tu pas que lorsque tu as quitté ta petite amie nous t'avons suivi ? Notre plan était plus que facile.*

— *Guenièvre, tu étais donc au courant,* s'étonna William. *Pourquoi ne m'as-tu rien dit ? M'as-tu trahi ? Pourquoi baisses-tu les yeux ? Je ne comprends pas... Tu savais que je partais rejoindre Robin dans la forêt et je te faisais confiance...*

— *Qu'importe,* coupa le prince Jean. *Demain William sera pendu haut et court sur la place de Nottingham.*

— *Non,* supplia en pleurs Guenièvre. *Vous n'avez pas le droit mon oncle ! Je vous en prie, pas ça !*

— *Et pourquoi donc ma chère nièce ?*

— *Parce que je l'aime, parce que William m'aime aussi en retour !*

— *Et bien ma nièce, sachez qu'il mourra quand même sur la place du marché demain matin, c'est ainsi ! Ce n'est pas parce que tu es la fille du roi Richard que je changerai d'avis. Ma parole prime sur tout.*

C'est alors que William se lança dans un défi.

— VIVE LE ROI RICHARD !

*

Au petit matin, un échafaud fut dressé sur la place du village. Le prince voulait apparaître victorieux pour assister à la mort de William. La sentence fut répétée face à la population de Nottingham. William étant un hors-la-loi, un brigand et un voleur devait mourir.

Guenièvre avait refusé d'assister à ce malheureux spectacle. Réfugiée dans sa chambre, elle pleurait dans les bras de sa sœur Marianne.

— *Mais Guenièvre, pourquoi avoir laissé le prince Jean suivre William sans nous prévenir ?*

— *Notre oncle m'a menacée. Lorsqu'il a compris que j'aimais William, il m'a dit qu'il me tuerait si je le revoyais... J'ai cru pouvoir vous avertir, mais ses soldats m'ont enfermée dans ma chambre. Je suis désespérée ! Marianne, que faire ? Si notre père, le roi Richard était là, tout serait différent !*

— *Ma chère sœur, reste calme, je t'en conjure. J'ai pu faire prévenir Robin. Il sait ce qui se passe ce matin. Ayons confiance en lui. Écoute Guenièvre, j'ai reçu un message me disant que nous devions nous préparer à quitter le château. Allons sur la place comme si nous voulions assister à la mort de William. Nous devrons nous placer à l'arrière de la place, près des maisons qui donnent sur les petites rues. Ainsi, nous pourrons plus facilement nous échapper lorsqueRobin interviendra avec ses compagnons. Tu sais qu'ils sontdoués avec leurs flèches ! Tout ira bien et William sera sauvé.*

*

La place du marché est remplie de monde. Guy de Gisborne est certain que Robin voudra intervenir et a placé des hommes autour de la place pour lui tendre un piège. Mais autant l'adjoint du shérif est méchant et brutal, autant Guy de Gisborne va se laisser duper par les compagnons de Robin.

William arrive sur la place de l'exécution. Il est triste et désolé. Il ne comprend pas la trahison de Guenièvre et n'a pu vivre ses retrouvailles avec son frère. Soudain, il distingue Robin au milieu de la foule. Ce dernier est déguisé en mendiant, mais William reconnait directement son regard. Il devine que sous sa longue cape se cachent une épée, un arc, des flèches. Il observe ensuite les toits des maisons et repère des silhouettes.

Lorsque Robin lança le signal, une pluie de flèches lancées par ses compagnons fidèles s'abattit sur les soldats du prince Jean. La surprise fut totale et les soldats perdirent de précieuses minutes avant de réagir. William put s'échapper de ses gardes, protégé par Petit-Jean et Willy. Muni d'un arc et de flèches, il fonça vers Marianne et Guenièvre pour les ramener au milieu des archers de Robin. Ensuite, il rejoignit son frère Robin qui luttait encore contre quelques soldats. Après quelques longues minutes de combats, ils purent se replier entre deux maisons, sauter sur des chevaux et quitter la ville au galop.

Tout s'était passé très vite. Les soldats pris au dépourvu ne purent pas réagir face aux hommes de Robin.

*

Le prince Jean, réfugié dans son château, entra dans une colère retentissante. Il convoqua le shérif et l'interrogea :

— *Comment avez-vous pu les laisser s'échapper ? Pourquoi ne pas avoir mieux assuré la garde de ce William ?*

— *Où sont Marianne et Guenièvre ?*

— *Messire, tout est allé trop vite… Vos nièces ont été emportées par William et les hommes de Robin !*

— *Comment est-ce possible ? Allez fouiller leur chambre !*

— *Messire, nous l'avons fait et nous avons retrouvé une lettre d'amour écrite par Robin et destinée à Marianne...*

— *Comment cela une lettre ? Pourquoi sont-elles parties ?*

— *Elles sont parties pour se marier. Marianne est partie pour Robin et Guenièvre pour William.*

— *Je vous ordonne sur le champ de les retrouver tous,* rugit le prince Jean.

*

LA FORÊT DE SHERWOOD.

Les compagnons de Robin se retrouvent tous dans la joie et le soulagement. Robin, Petit-Jean, Pedro et Willy l'Écarlate font le point.

— *Tout s'est bien terminé,* dit Robin. *Nous avons pu sauver mon frère et emmener Marianne et Guenièvre en sécurité dans notre campement.*

— *Oui, notre stratégie a été bien menée !*

— *Mais où est mon frère ?* s'inquiéta Robin. *Je l'ai suivi à cheval, mais depuis notre arrivée je ne l'ai plus vu.*

— *Vous êtes bien de vrais frères, à présent inséparables,* répondirent en riant Willy et Pedro.

Le frère Tuck arriva à ce moment de la conversation. Ce moine est aussi un des fidèles compagnons de Robin. Il aime vivre et manger, mais peut aussi à l'occasion prendre part aux combats contre le shérif. Le plus souvent il est drôle, mais il parle d'une voix inquiète :

— *Robin, ton frère est allongé là à l'écart, sous un arbre. Il semble pleurer, il doit souffrir.*

Robin se précipita et observa directement une grosse tache rouge sur les habits de William. Son frère était blessé et il fallait le soigner au plus vite. La joie dans le campement disparu directement. William, touché par une flèche, avait perdu beaucoup de sang. Frère Tuck réagit le plus vite en avertissant le médecin. Une fois arrivé, celui-ci se pencha sur la blessure et tenta de rassurer tout le monde.

— *Une fois refermée, la blessure ne devrait pas s'infecter. Il était malgré tout important et urgent de le soigner convenablement.*

*

William s'allongea pour se reposer et lorsque Robin le rejoignit ils échangèrent quelques confidences.

— *Je suis heureux de t'avoir retrouvé William. J'ai eu très peur en te voyant blessé, mais à présent tout va bien.*

— *Tu m'as sauvé la vie Robin.*

— *Marianne est venue me parler pour m'informer que tu aimes Guenièvre, que vous êtes ensemble. Tu sais que moi aussi je suis amoureux de Marianne. Nous sommes frères et nous sommes chacun amoureux de deux sœurs !*

— Oui et j'en suis heureux et fier.

— Mais j'ai besoin de tes conseils William. Lorsque Marianne est venue me dire que tu étais amoureux de Guenièvre, elle est soudain devenue très triste et est partie en pleurant rejoindre sa sœur…

— Écoute Robin, je pense que tu lui avais promis quelque chose…

— Oui, je lui ai promis de nous marier…

— Et pourquoi ne l'avez-vous pas fait ?

— Parce que tant que le prince Jean sera au pouvoir, tant que le roi Richard ne sera pas revenu de croisade, nous serons en danger. Je n'accepterai jamais de la perdre comme j'ai perdu nos parents.

— Je suis ton grand frère et je t'aime Robin. Je dois te dire que nos parents auraient voulu le meilleur pour toi. Ils t'auraient dit de prendre ton courage à deux mains et de te marier coute que coute avec Marianne.

Robin après avoir écouté son frère, partit chercher Marianne. Prenant le prétexte de trouver des fleurs médicinales pour William, il entraîna Marianne vers un champ de fleurs. Il s'agenouillât en lui faisant sa demande en mariage.

— *Marianne, veux-tu m'épouser ? Je veux que tu sois l'amour de ma vie, pour toujours et à jamais.*

La jeune fille pleura de joie.

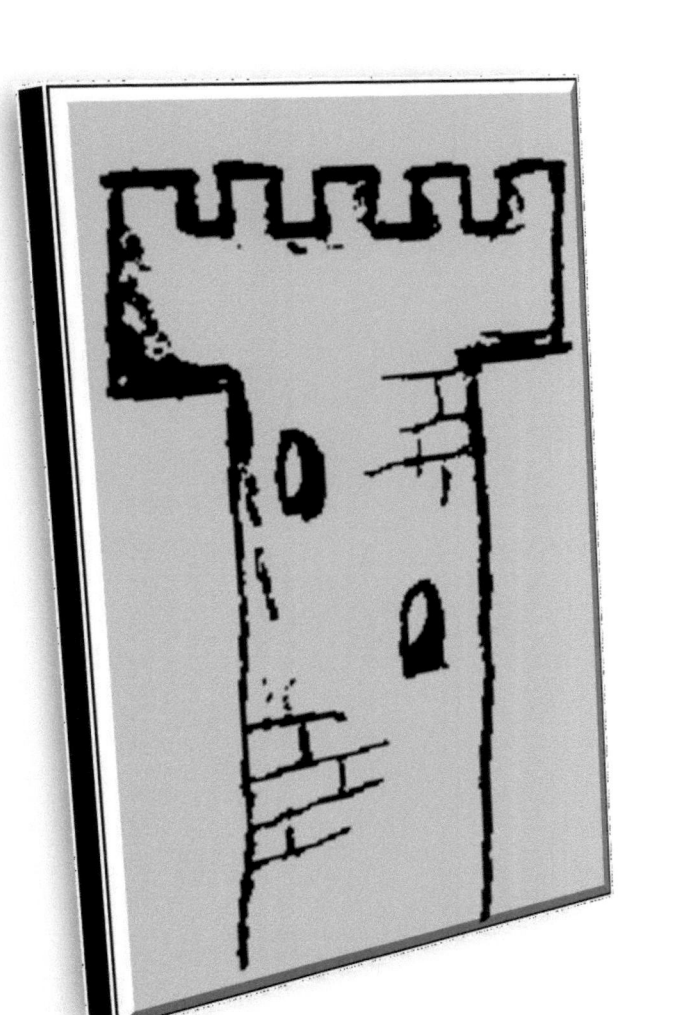

Chapitre 4

Quelques jours passèrent. Le campement retrouvait son rythme de vie habituel. William guérissait doucement de sa blessure, entouré des bons soins de Guenièvre. Marianne et Robin savouraient leur bonheur.

Le bonheur ne pouvait toutefois pas durer. Le prince Jean furieux de son échec lança des brigands à la recherche des deux frères. L'ordre donné était simple : tuez-les !

Un petit matin, William et Marianne partirent se promener à l'écart du campement. C'est alors qu'un soldat apparut, voulant agresser Marianne. William s'interposa, mais encore affaibli par sa blessure il ne pût réagir et se défendre. Un soldat le frappa de son épée. Un cri de douleur insupportable interpella tout le monde et Robin arriva le premier :

— *Non, William, ce n'est pas un coup d'épée qui va te terrasser. William, ne te laisse pas aller !*

Petit-Jean et Willy l'Écarlate se précipitèrent, aussitôt rejoints par Frère Tuck.

— *Robin, ton frère est à nouveau blessé, mais l'épée n'a pas pu atteindre son cœur. Sois confiant. Je vais trouver un remède pour le calmer et soigner cette blessure.*

Les hommes placèrent William en sécurité. Très vite, celui-ci reprit connaissance. Marianne pleurait à ses côtés et le remercia de l'avoir sauvée.

Il ne fallait pas perdre de temps et retrouver cet agresseur. Marianne déclara qu'il s'agissait du shérif. Pedro qui avait observé la scène confirma. Il avait clairement vu le shérif accompagné d'un autre homme. Robin décida alors de renvoyer William et Marianne au campement et de partir avec quelques compagnons à la recherche du shérif.

Ils suivirent sa piste pendant quelques heures et arrivèrent devant une grande demeure protégée par une poignée de soldats. Robin n'hésita pas. Il fallait pénétrer à l'intérieur et se battre d'homme à homme. Le shérif et Robin, chacun munis d'une épée commencèrent ce combat avec fureur.

— *Robin, je dois te dire quelque chose,* déclara le shérif entre deux coups. *Cela te concerne toi et ton frère. Sais-tu qui a tué vos parents ?*

Robin l'ignorait bien entendu.

— *Et bien, c'est moi qui ai tué ton père et ta mère !*

Robin sentit une colère noire l'envahir. Il enfonça son épée sous les côtes du shérif. Incapable d'entendre Petit-Jean qui tentait de le calmer, Robin tua le shérif sans hésitation.

*

De retour dans la forêt, Robin tomba en larmes en voyant son frère. Il lui annonça ce qu'il venait d'apprendre. Les deux frères abasourdis par ce que le shérif avait avoué se replièrent sur eux-mêmes. William accusa Robin d'être le déshonneur de leur famille. Robin ne comprit par le mot déshonneur employé par son frère. A quoi pensait donc William ? Robin se sentit envahi par un trouble qu'il ne pouvait comprendre… Leur tristesse et leur incompréhension les éloignèrent l'un de l'autre.

*

William eu besoin de quelques jours pour sortir de sacolère et se décider à expliquer un passé ignoré par Robin.

— *Mon cher frère, désolé d'avoir été en colère et d'avoir réagi en te laissant seul après ce que tu venais d'apprendre à propos de la mort de nos parents.*

— *Oui, moi non plus je n'ai pas compris ce qui nous arrivait.*

— *Robin, je vais t'expliquer pourquoi je suis parti. Tu étais trop jeune pour t'en souvenir. Moi, j'étais un peu rebelle, j'avais quinze ans et je voulais toujours surpasser papa.*

— *Ah bon ? Pourquoi le surpasser, c'est une blague, un jeu ! Et dis-moi, qui gagnait ?*

— *Bien sûr, papa et moi, nous nous battions pour savoir qui était le meilleur d'entre nous… Et puis un jour, j'ai reçu la nouvelle de mon enrôlement. Je devais partir à la guerre. Je n'ai pas eu le choix. Je me suis senti très mal de te laisser seul avec nos parents alors que tu n'étais qu'un enfant âgé de cinq ans.*

Robin, abasourdi et affecté écoutait les explications de ce frère ignoré il y a encore quelque peu !

— Bien plus tard, lorsqu'on a gagné la guerre, j'ai appris que papa et maman étaient morts, et que notre roi Richard avait été fait prisonnier par l'empereur d'Allemagne Henri VI. Je n'attendais et n'espérais plus qu'une chose : te revoir, savoir si tu étais en vie. Ma vie était brisée.

— Je ne pouvais rien imaginer de tout cela.

— Lorsque je suis revenu sur nos terres avec mes frères d'armes, je me suis rendu compte que notre famille avait tout perdu. J'ai dû me battre et quitter la région. Avec mes compagnons nous sommes devenus comme toi des hors-la-loi. Malgré la situation périlleuse j'avais revu Guenièvre, elle, la nièce du prince Jean, et nous sommes tombés amoureux. La force de notre amour m'a redonné l'énergie de te retrouver.

— Dis-moi William, comment était notre père ?

— En fait, tu lui ressembles, autant têtu que courageux. Oui, tu es comme lui... Je ne comprends pas la raison de cette colère qui m'a fait dire que tu étais la honte de la famille... Mon frère pardonne-moi, je t'aime et nous devons rester unis quoi qu'il arrive.

Chapitre 5

Robin et William réunis dans leur amour fraternel décidèrent de continuer à lutter pour le retour du roi Richard. En combattant contre les soldats du prince Jean, ils continuèrent à amasser de l'or. Les compagnons de William le rejoignirent dans la forêt de Sherwood.

Un beau matin, le campement fut perturbé par un long son grave. Un coup de corne. Le mystère fut vite résolu par Marianne qui revenait de Nottingham.

— *Guenièvre, viens vite ! Notre père, le roi Richard, est de retour ! Il faut réunir tout le monde et annoncer la bonne nouvelle !*

Robin et William se retrouvèrent au centre du campement, entourés par tous leurs compagnons.

— *Les amis, nous avons une grande nouvelle ! Depuis quelques semaines nous avons pu réunir assez d'argent pour payer la rançon demandée par l'empereur Henri VI. Notre roi Richard a enfin été libéré. Il est de retour et il nous invite à son château.*

*

Le grand jour arriva. La troupe des valeureux compagnons partit vers le château pour rencontrer le roi Richard. Tous mirent le genou à terre en signe de reconnaissance devant le roi.

— *Relevez-vous,* déclara le roi. *Je vous dois toute ma reconnaissance. Je voudrais voir mes filles, où sont-elles ? Je veux aussi voir Robin et William de Locksley. J'ai appris que vous avez volé les riches pour donner aux pauvres ! Je ne suis pas très content de votre comportement, mais étant donné la situation je dois l'approuver malgré tout. Oublions tout ce qu'il s'est passé, car je suis avant tout heureux de vous savoir en vie. Je suis aussi heureux de savoir que vous aimez mes filles. Vous serez donc mes gendres… Je pense même que c'est ce que vos parents auraient voulu… n'est-ce pas Georges, n'est-ce pas Marie ?*

*

Les mots de Richard Cœur de Lion furent suivis d'un mouvement derrière lui. Deux personnes, un homme et une femme apparurent, souriants, mais aussi tremblants de bonheur.

Un silence s'installa, toute l'assemblée sentit que l'heure était grave teintée de mystère.

— *Maman, papa ?* dirent ensemble Robin et William d'une voix hésitante.

— *Mers amours, mes enfants, mes chéris… Venez dans nos bras…*

— Mais ce n'est pas possible, nous vous croyions morts !

— Nous avons été sauvés par le roi Richard. Le prince Jean nous avait jetés en prison, dans un sombre cachot, peu après ton départ William. Lorsque le roi Richard est parti et que le prince Jean a gouverné nos terres, nous avons été trahis par des amis. Et le prince Jean qui ne demandait qu'à prendre possession de nos biens n'a pas rendu justice !

— Qui donc et pourquoi vouloir vous trahir ? interrogea Robin subjugué.

— Une triste histoire de vengeance sans doute… un de mes anciens amis, amoureux de votre mère, qui s'était imaginé pouvoir la séduire…

Robin et William ne pouvant imaginer un seul instant cette idée éclatèrent nerveusement de rire.

— Quoi, maman aimer un autre homme que notre père ! Ce serait à pleurer de rire si cela ne vous avait pas envoyé en prison. Jamais maman ne pourrait aimer quelqu'un d'autre que papa. Papa est fort et beau, il est juste et courageux. Il n'est pas possible que l'histoire vous sépare.

— Mes enfants, je suis fier de vous et je suis heureux d'avoir deux enfants, deux garçons, aussi courageux et forts, aussi beaux que votre mère, aussi braves que moi.

Les retrouvailles ne pouvaient se conclure par ces mots. Le roi Richard décida alors d'intervenir :

— Robin et William, je vous accorde la main de mes filles.

— Merci Votre Altesse.

William mit son genou à terre et demanda la main de Guenièvre. Robin refit sa demande à Marianne. Les deux jeunes filles répondirent en chœur : OUI !

Alors que les deux couples s'embrassaient, le roi Richard fit signe aux gardes d'embarquer le prince Jean pour l'emmener en prison.

*

La fête pouvait commencer.

Fêter le retour du roi.
Fêter l'amour retrouvé entre Georges, Marie et leurs garçons. Fêter l'amour entre Robin et Marianne, entre William et Guenièvre.

*

C'est ainsi que se termine l'histoire de
« Mon Robin à moi ».
Je vous remercie de l'avoir lue.
Gwenaëlle Roy

TABLE DES MATIÈRES

Remerciements	……………………………… 5
Préface	……………………………… 7
Personnages	……………………………… 13
Chapitre 1	……………………………… 15
Chapitre 2	……………………………… 21
Chapitre 3	……………………………… 29
Chapitre 4	……………………………… 39
Chapitre 5	……………………………… 45

« M LA SUITE », aide à l'autoédition et aux auteurs, a été créée sous l'impulsion d'Hervé Meillon homme de médias et auteur de plusieurs ouvrages, émissions de radio et de télévision et de Sophie Descamps enseignante, historienne et coach scolaire.

« En marchant sur les pas de notre mémoire notre vie personnelle devient une sorte de pèlerinage qui nous apporte une sérénité du présent. Aucune histoire n'est sans intérêt. Chaque parcours peut faire l'objet de confidences à faire à ses proches.

Alors pourquoi pas le vôtre ?

Vous pouvez aussi, racontez l'existence d'un être qui a compté dans votre existence.
Partager n'est pas une revanche, mais une aventure positive.
Des biographies peuvent aussi être le fruit de votre imaginaire. Elles sont alors rêvées, romancées, fantaisistes... »

- ✓ Nous réalisons à la carte, en fonction de vos désirs.
- ✓ Nous nous positionnons comme des facilitateurs.
- ✓ Notre association sans but lucratif (ASBL) est un prestataire de service.
- ✓ Notre but étant de vous simplifier la procédure de l'autoédition et des complexités de l'écriture en y apportant nos compétences.
- ✓ Le tout se faisant en parfaite symbiose avec vous.

www.mlasuiteeditions.com

**Nous ne prenons aucune part
sur vos droits de vente.
Une partie des frais de production est prise en
charge par l'ASBL et la participation financière de
l'auteur variera selon la formule choisie.**

Allez jeter un œil sur les livres publiés grâce au QR CODE
ci-dessous